還是要有傢俱才能活得不悲傷

徐珮芬

徐珮芬

花蓮人，清華大學臺文所碩士。曾獲林榮三文學獎、周夢蝶詩獎及國藝會創作補助等。二〇一九年美國佛蒙特駐村藝術家。出版詩集《還是要有傢俱才能活得不悲傷》、《在黑洞中我看見自己的眼睛》、《我只擔心雨會不會一直下到明天早上》、《夜行性動物》，小說《晚安，糖果屋》。

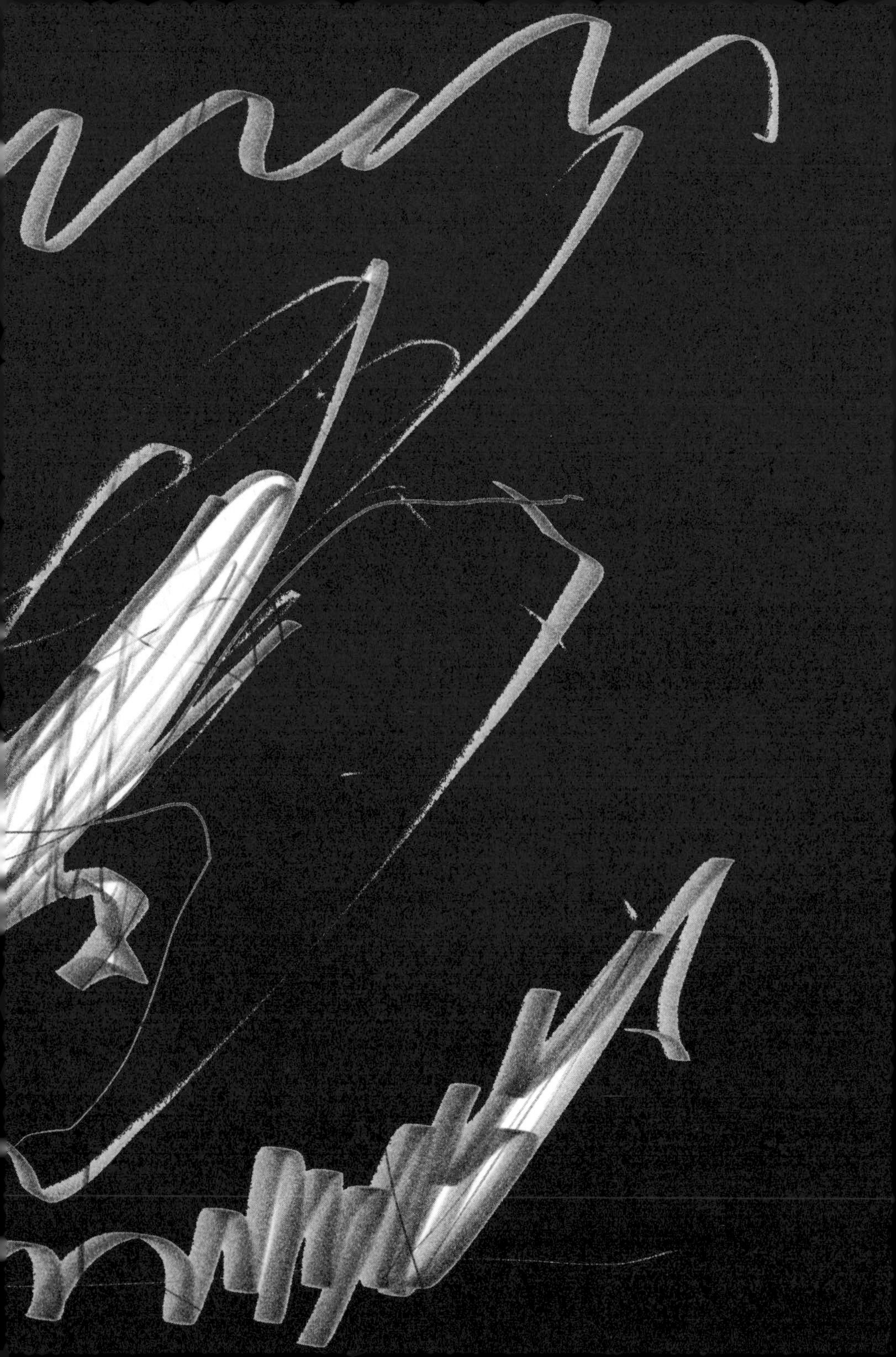

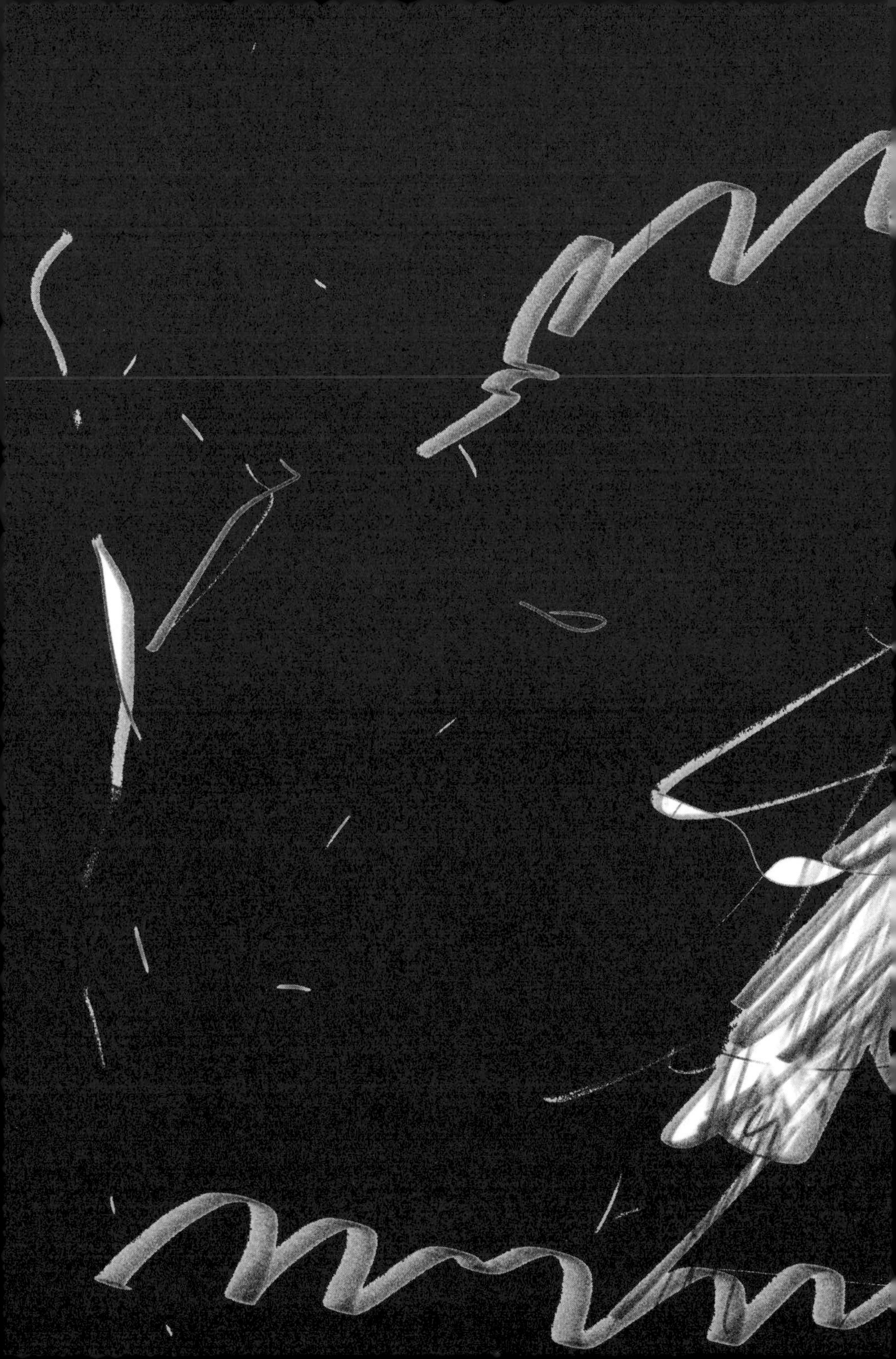

還是要有傢俱
才能活得不悲傷
還是要真正和誰
說過再見
才能變成完整的人
像停電的夜裏
走在碎玻璃上
那麼誠實
不卑
不亢

11

星期五晚上的電話留言

生命如此多義
以至於生活如此
難過

如果聽到這通留言
記得幫我餵貓好嗎

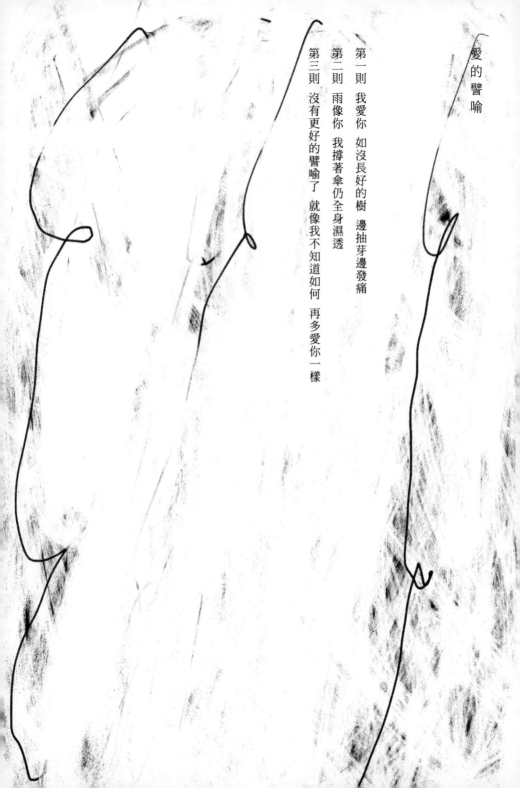

愛的譬喻

第一則　我愛你　如沒長好的樹　邊抽芽邊發痛

第二則　雨像你　我撐著傘仍全身濕透

第三則　沒有更好的譬喻了　就像我不知道如何　再多愛你一樣

回門

不要應門
你就靜靜地把自己安放於
無夢的黑夜中
讓快樂的
都被框進從前
眼淚流回許願池裏
街燈一盞
一盞地
熄滅，以溫柔的秩序

忘記我吧
像你在每個落雨的晚上
無論如何總會想起我那樣
把我留下的吉他

用風衣包裹妥當
將所有為我寫的日記
撕下來摺成紙飛機
裝作沒有人知道歷史
沒有人曾經拿著信
在門外等你

收到愛人的死訊以後

把你們去過的地方
全部倒立著逛過一遍
幫他想墓誌銘
幫他寫
把你們的情書翻譯成
你全然不了解的語言

也可以試著進行一些盲目約會
不知道哪些男伴
會戴著什麼顏色的蝴蝶結

好好練就一首歌
準備在盛大的葬禮上表演
或者就讓自己懸空

不斷生鏽

不斷生鏽
並且對這樣的自己感到
萬分抱歉
萬分抱歉

三角

不要問我來自什麼地方
不要問我時間
有人戴手錶
是為了藏住愛過的證據

如果你想打開抽屜
不要問我
你知道這房間裏不存在拒絕
夜晚不怕被傷害
我屬於夜晚
夜晚不回答問題

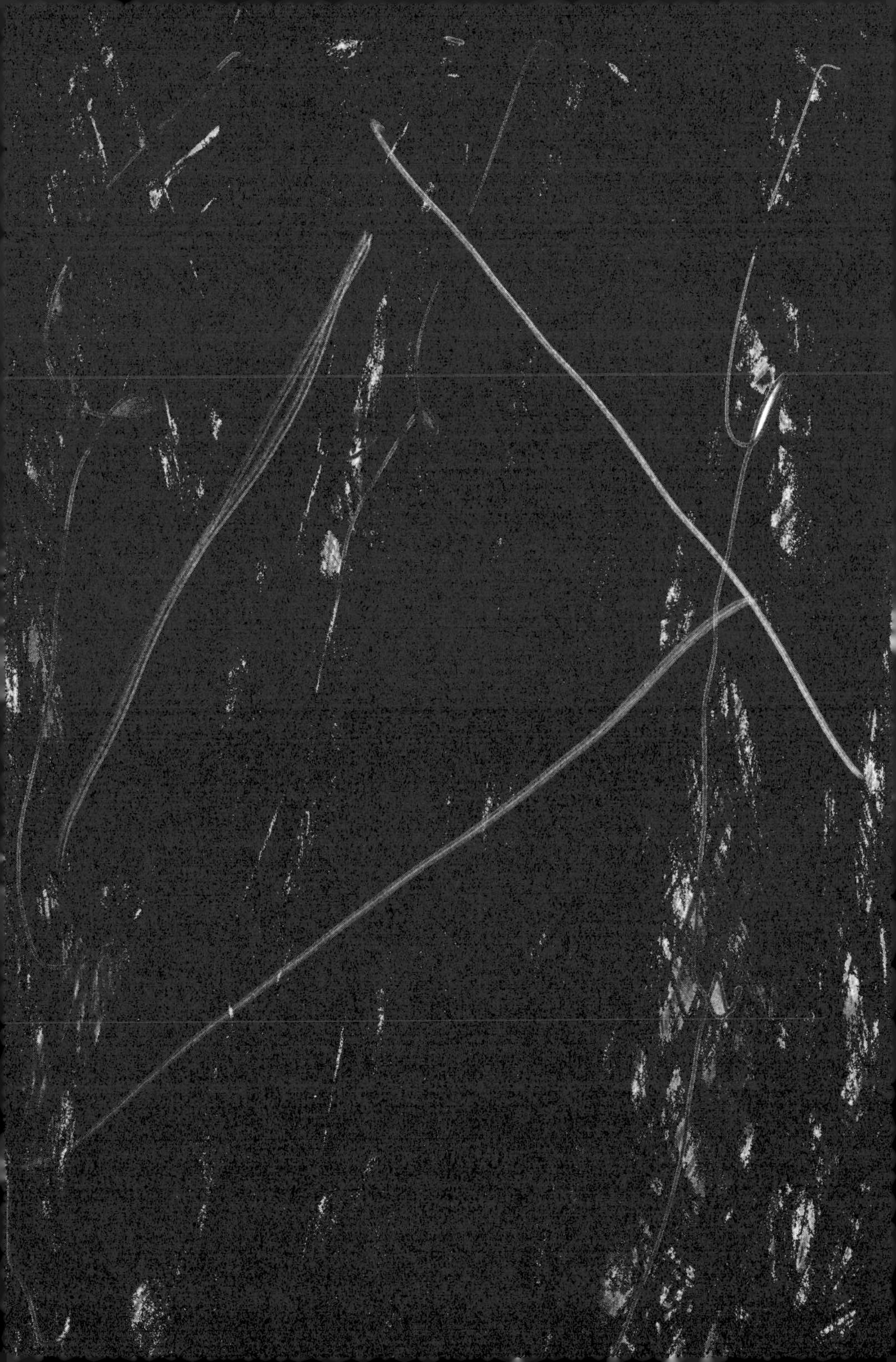

有罪

像支被遺忘在街角的老提琴
前方的光
後邊的黑暗
都無法把你帶回來

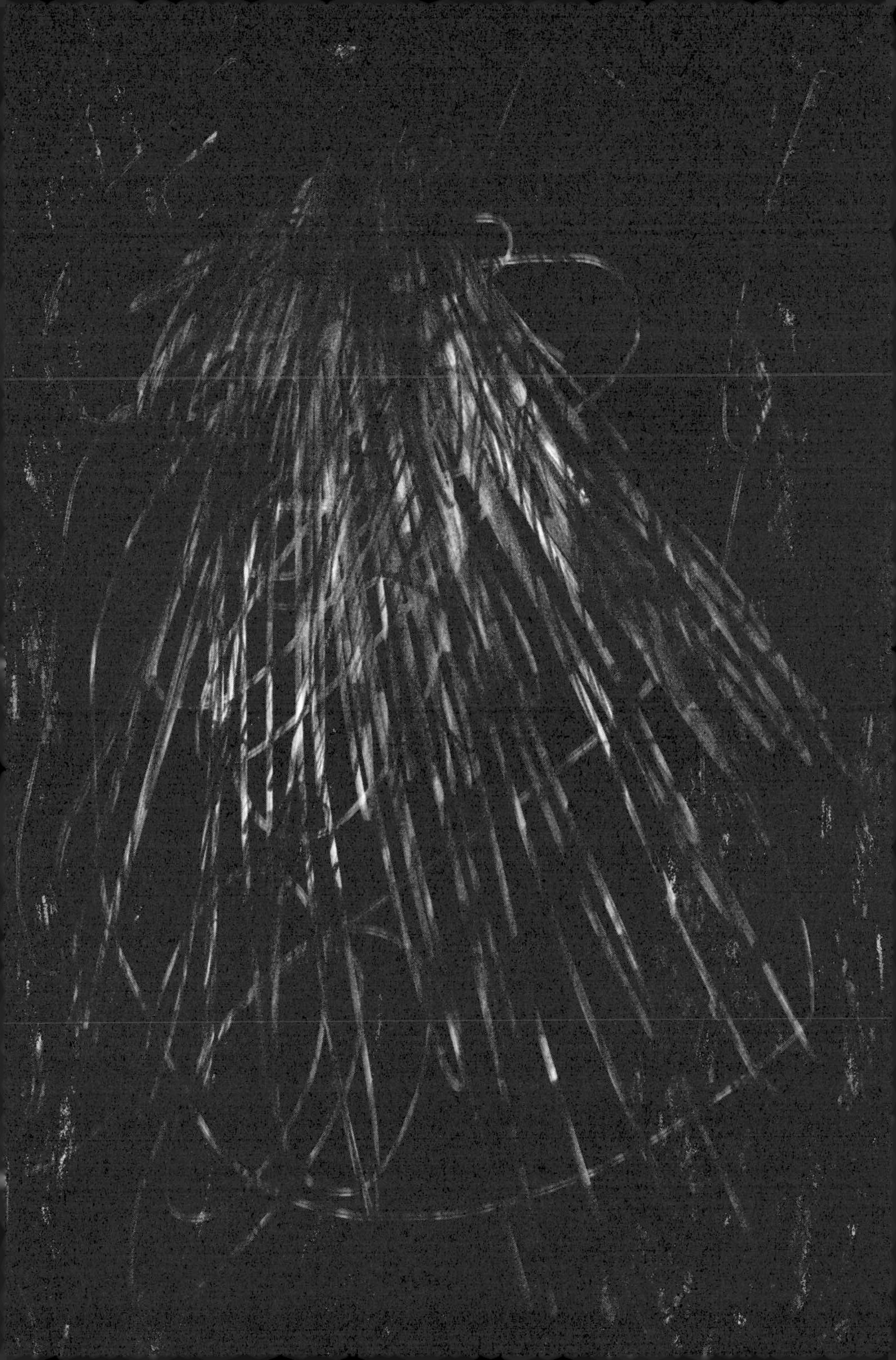

展覽

因為博物館裏什麼也沒有
人只能在人與人之間徘徊
因為博物館裏什麼也沒有
人只能在人與人之間徘徊
因為博物館裏什麼也沒有
人只能在人與人之間徘徊
因為博物館裏什麼也沒有

末世光景

直到世界終結時
我再把你贖回來

十二月

愛一臺孤獨的投幣式販賣機
愛一個街角
一顆圖釘和一根針
一杯生啤酒
螢幕上轉播的足球賽
正準備進入傷停時刻

十二月是適合計畫的季節
毀滅，重生或旅行
窗台邊的仙人掌
小心翼翼藏匿著花
「忍耐是美德」
你曾說過這句話
時間不知道我的十二月何時

才會結束

十二月，大家都怎麼規劃新的生活
愛一臺投幣式販賣機
拯救過的心靈
愛一個街角和醉倒的人們
一顆掉在野餐巾上的圖釘
一根被毛線勒住的針
滑落啤酒杯邊緣的水珠

螢幕上的足球賽
你從不特別支持誰
卻迷戀輸球的隊員
鬆一口氣的特寫

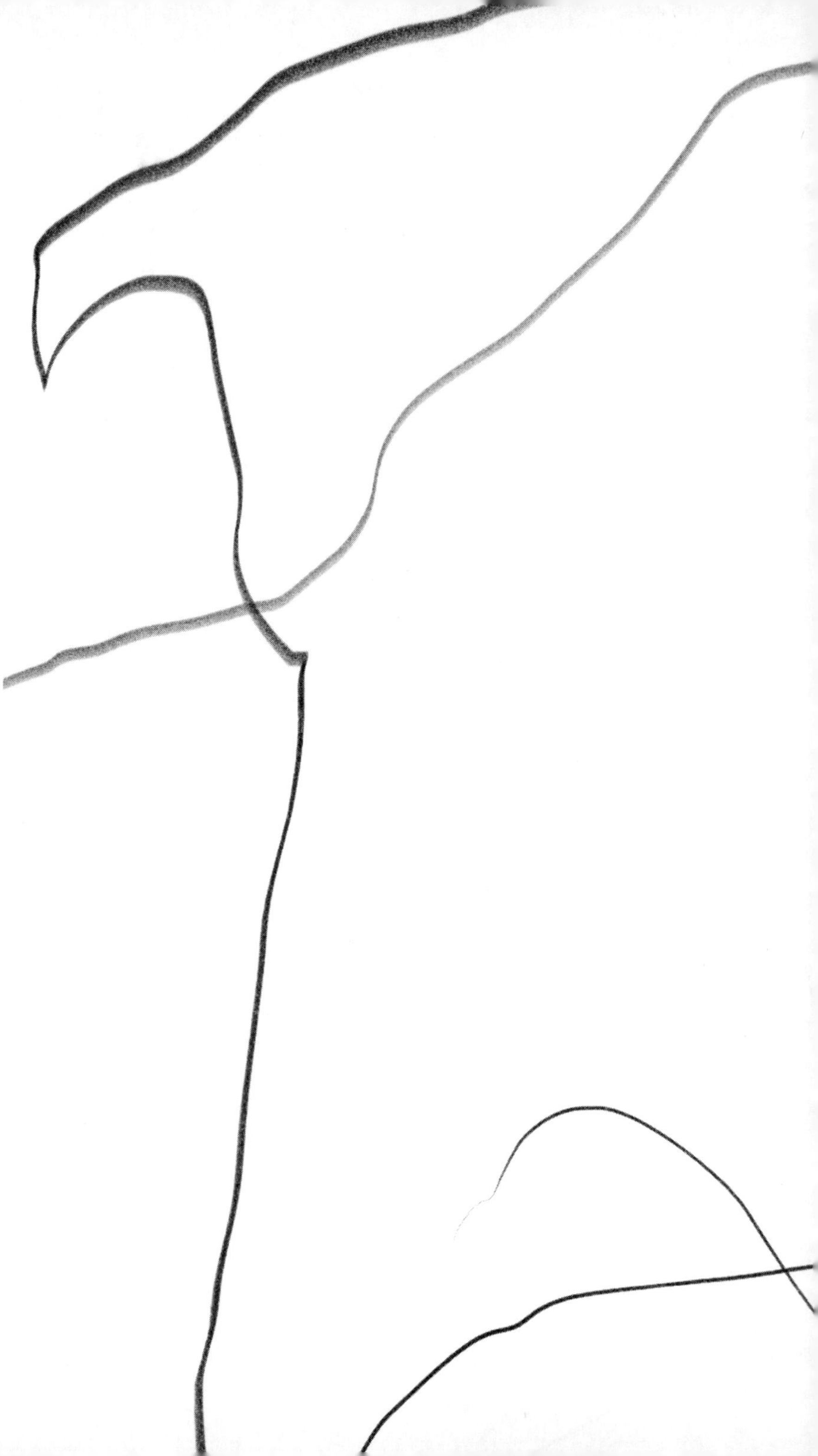

消失的星期四

妳今天帶了消失的星期四來赴約
妳知道妳眼前的男人永遠不會知道
妳從他那裏究竟偷走了多少
妳在想如果早一點
或晚一點遇到
妳也不知道

妳看男人的手滑過晨間新聞
妳看男人的手滑過戰爭，災難
浩劫和瀕死的小孩
被炸開的牆垣
妳低頭望向自己消失的星期四
妳確定這個計畫非常
非常完美

妳聽男人咀嚼厚片土司的節奏和力道
妳回憶男人各種節奏和力道
妳哼著男人床邊手機鈴聲的旋律
妳確定這男人永遠不會發現他的星期四
少了一點點

大雨

昨夜淋濕的頭髮和襯衫還是沒乾
誰把菸蒂藏在陽臺的盆栽中
他知道這房間裏
有人怕火

後來我在沒有雲的天空下
不停澆花
我淺眠我知道那隻貓來過
牠挑食得可怕
因為牠一無所有

滿地的餅乾屑
誰都別往預言的方向想
太久沒有好好凝視另外一雙眼睛

忘了自己是只停擺的懷錶
沒人想放在心上
也被時間遺忘

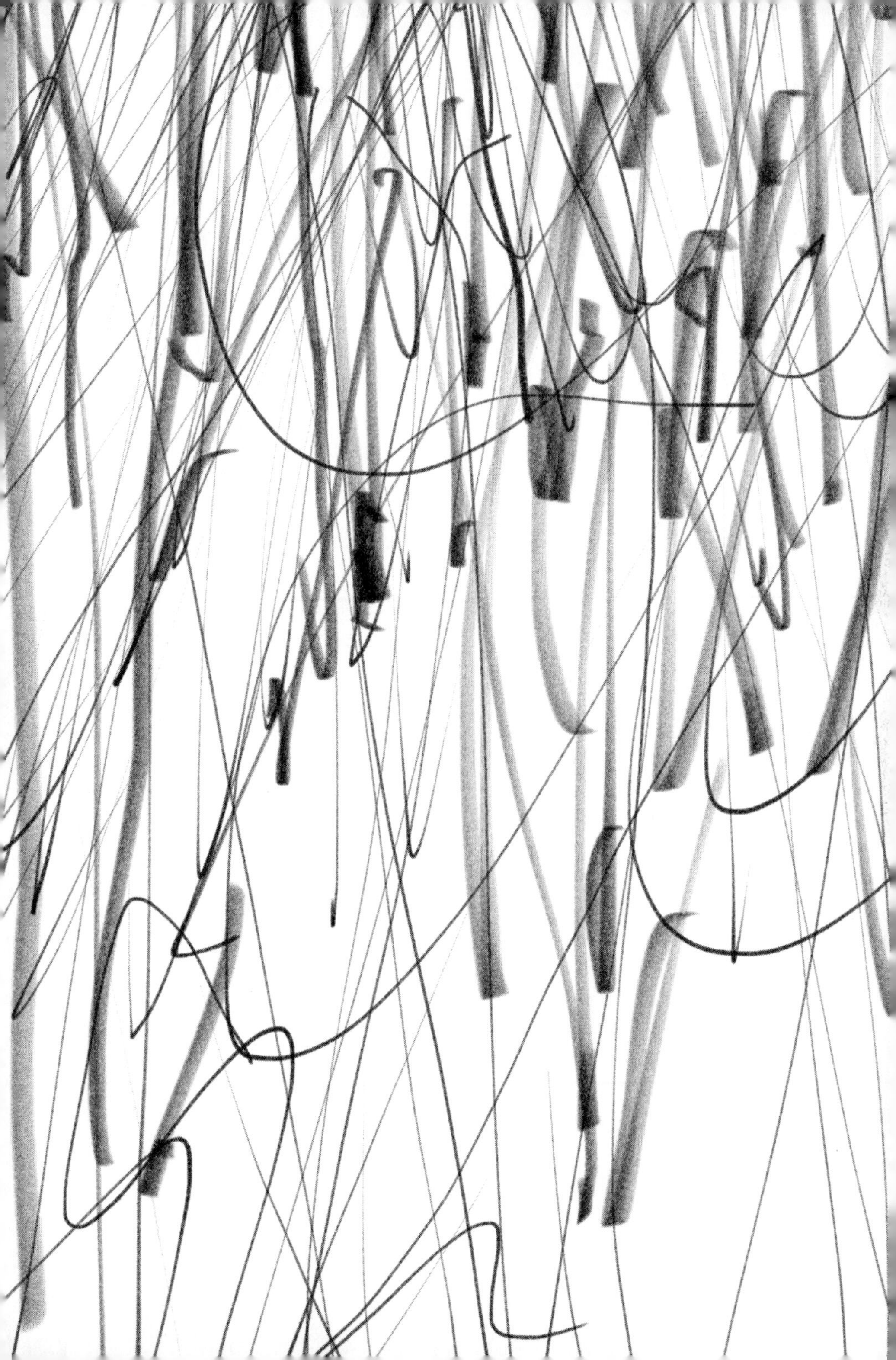

浴室

你不停刷洗磁磚上的水垢
天亮了
你也沒醒

新來的房客還沒見過
別離的時刻已經啟動
擦拭鏡面
才發現髒掉的是你

誰留下半顆檸檬
讓冰箱顯得更空
更恐怖了

那晚你就做了個夢

和他一起去大賣場
把所有的糖果
往推車放

排水孔上卡了幾根頭髮
看著就忘記時間
門外有人
你沒辦法應
你深知這間浴室裏的所有痕跡
都是愛的證據

國王的遊戲

難道我們的夏日與冬夜
都是幻覺嗎
星期六的夜裏
有人走在城中的街道上
哼歌，他微笑的樣子
彷彿自己是穿著衣服的國王
並且在懷裏藏了把槍

或許我們的春天與秋天
都已經過去了吧
被女孩脫下的芭蕾舞鞋
就放在那裏
吹動琴譜的風
突然靜了下來

突然想哭

那不是黑夜不是失敗不是眼淚不是雨
那是你
我們的孤獨跟寂寞
終究不曾
踏進彼此的房間裏面

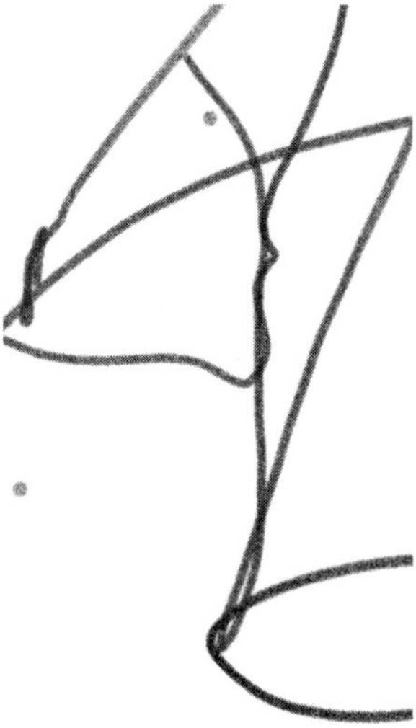

我只要一隻貓

不需要學習那些字眼的意義：虛無
重生
末日與神

不必真的理解所有暗影
背面的色彩
英雄電影
哀傷歌詞
藥袋，一鬆手
裏頭的心魔散落一地

不用透過被一個人丟掉
再丟掉另一個人的過程
來變成好人

不用藉由失去自己的國家
來成為詩人
瘋子，或平凡的父親
遙控器握在手中
轉到哪台都是慾望
和不安的湧動

不需要時間，不需要戀人
不需要經歷一場漫長的旅行
來暴露脆弱的本質
我只想要一隻貓
不請自來
不告而別
餓了會想起我
只有餓的時候
會想起我

小孩

我要保護你
讓你面對世界
始終像個
剛睡醒的小孩

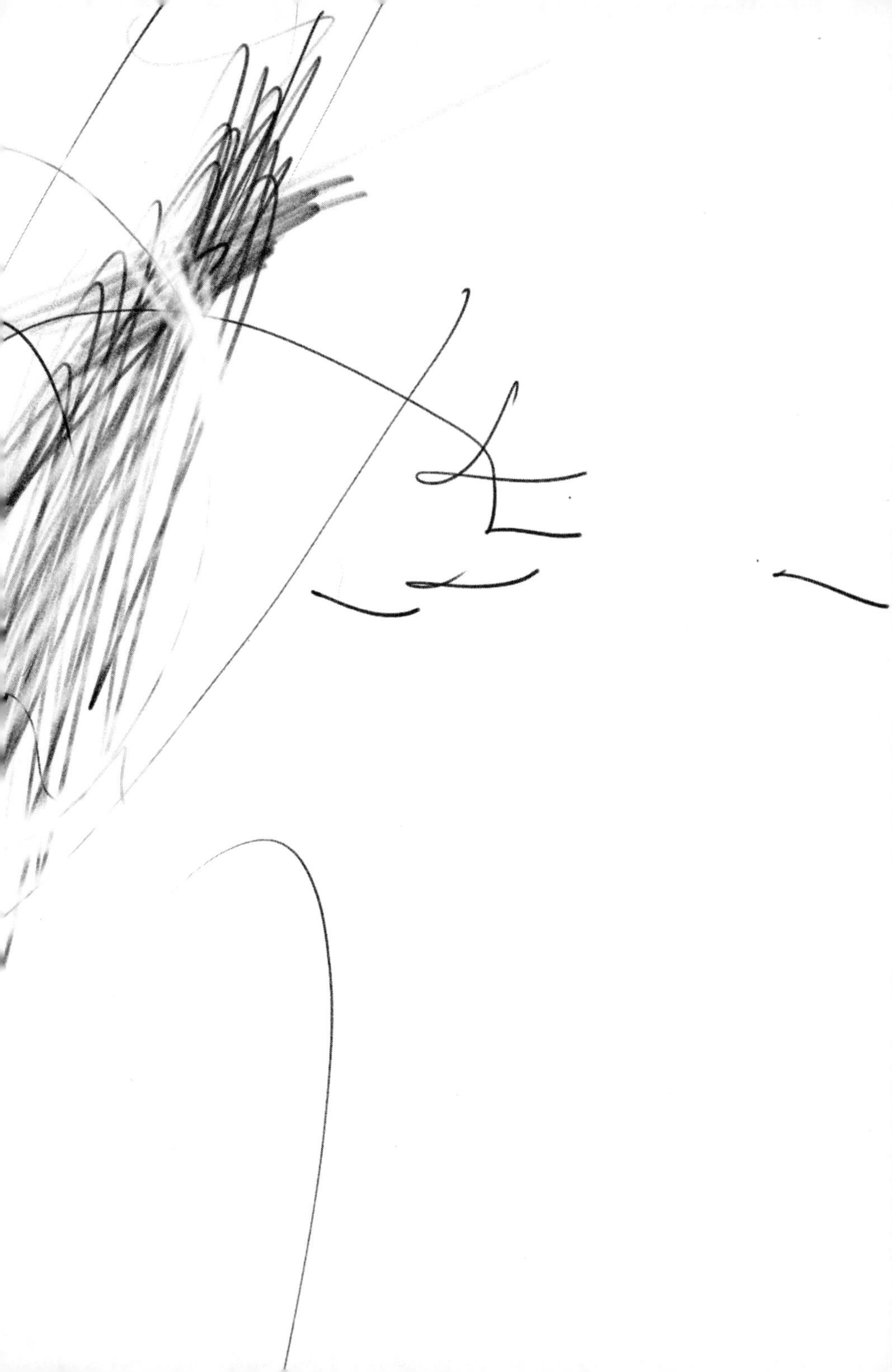

防空洞

請你挨好我
因為
天就要亮了

無關

我假裝這一切與你無關
沉睡與你無關
早餐與你無關
夢與你無關

夢中的那人與你無關
你的名字與你無關
你與你無關

我假裝去巴黎旅行與你無關
將一部電影反覆看十次與你無關
失眠與你無關
寫詩與你無關
你與我無關

春泥

I

我不擔心郵差弄丟信件
因為我從未寫下任何
關於你的事
你是那麼美麗
時間不在你身上留下影子

II

我從不在旅行時
寄給你任何一張明信片
我害怕你的地址
我害怕填寫收件人的名字
害怕與你談論星座
咖啡或共進早餐

III

風起的時候
不敢看你
只願能穩穩扶好頭上那頂
紅色的帽子

燈火闌珊

今夜突然覺得特別冷
多麼希望雨中
有間小酒館
而且你坐在裏面
殷切期盼

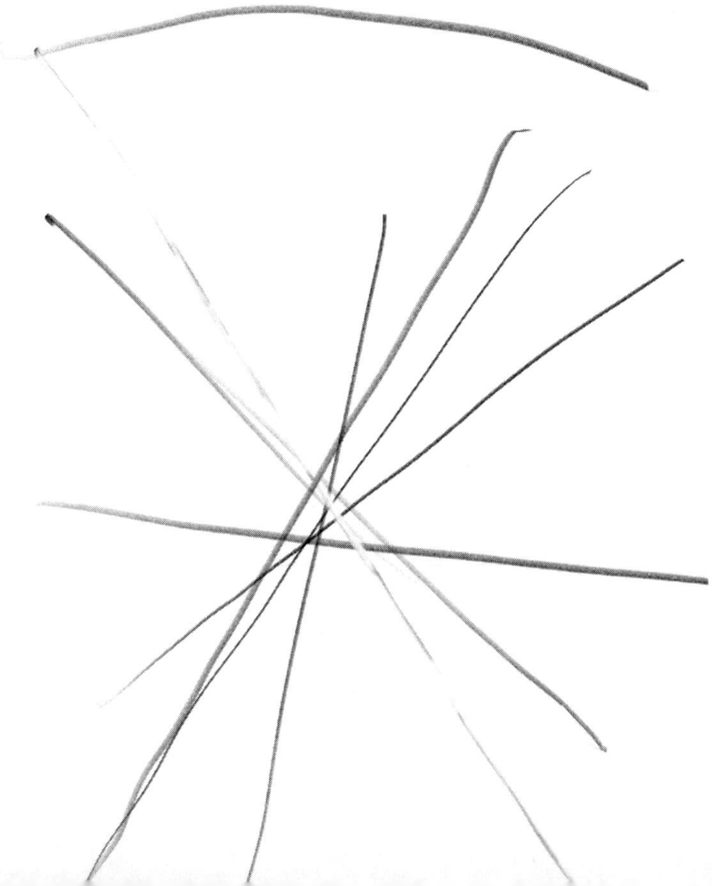

循環

不如我們重新
再來，像從前那樣
反覆在哪個巷口
或是哪句話裏頭
練習迷路
在荒蕪的夢中草原上挖井
一起溺水
一起逆水
一起在末日般淫猥的周日下午中
進行悲傷的採購，把戰利品拍成一部
電影，看著
便一起相擁入睡

相擁入睡

把黑夜放在彼此的身體裏
一起在透明的玻璃中醒來
相視而笑
牽手到下一個新的巷口去
練習迷路
練習背叛
大哭後再相互取暖
在對方的夢裏複習迷路
轉錄、援引
反駁那些巷弄
然後寫進自己的小說

相互嘲笑
那麼冬天來便能對抗惡寒

對抗惡寒
把冬天藏進相愛的縫隙裏
把相愛放在冬天的行事曆裏
按表操課之際，把卡夫卡所有故事的結局

串在一起，才發現我們終於也只剩下安靜
於是不得不輪流為對方做人工呼吸
在周日般淫猥的末日中
一同吐水
一同等待
等待被謀殺
等待被等待
等待窗外日光
隨天長變幻，重新再來

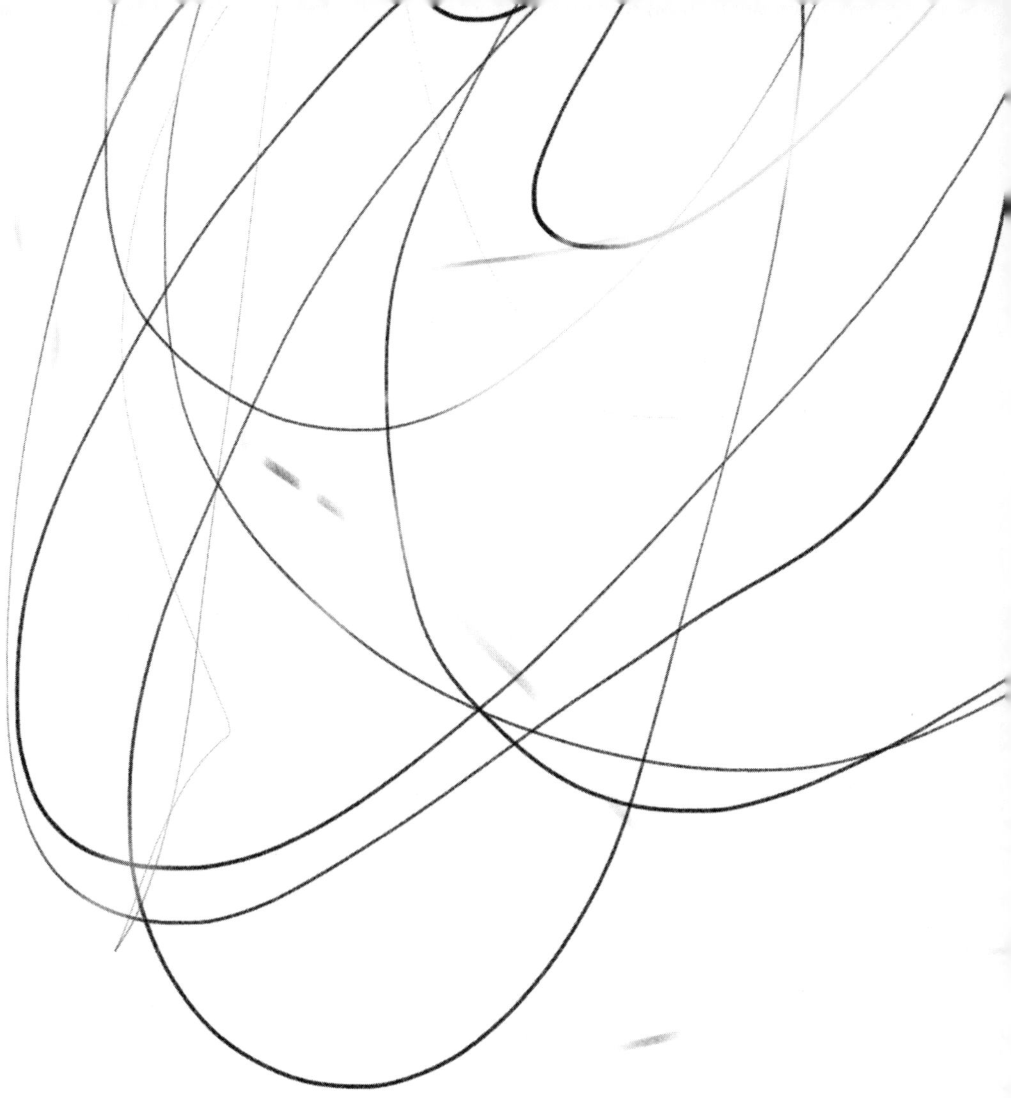

心魔

你問自己
誰才是真正的恐怖分子
誰捧著一束紅玫瑰劫機
在那些豔陽高照的日子裏
你的心雷電交加

走光

你憑什麼突然闖進來
撕破我的窗簾
讓陽光猝不及防
照亮整個房間

心軟

替你洗澡
捏捏你的手掌

像個笨拙的小偷
孩子把玩具珍藏在閣樓
細數著他的贓物
心那麼軟

縫

在夜裏研究葉脈的紋路
想像每一條線的盡頭
都通向你

窗外沒有下雨的跡象
每一個倒影
都是我的叛徒
每一道刀口
都深愛著你

我不革命

我不唱歌
也不跳舞
我不期待晴天
不種花，就不害怕
大水和旱災
我不革命

我不革命
我從不作夢
不冬眠，睜大眼睛承接
夜裏靜靜落下的雪花
在白日安分的恍惚
在時光的年輪中
牢牢站定

我不革命
沉默是我所能發出
最大的聲音
廣場經過我
群眾經過我
旗幟落下
又揚起，他們要把馬車
變回南瓜
祈禱藍色的天空和
綠油油的樹
在陽光的照射下
變得透明
我不說話

我不說話
我不說我不知道的
我不知道我所說的
我不拿槍

不彈鋼琴
群象已經來過
野雁也都飛離了
我還不知道
自己在等什麼
如果末日
在戰爭之前來到
我仍不告訴你
自己想做個國王
或是當隻羔羊

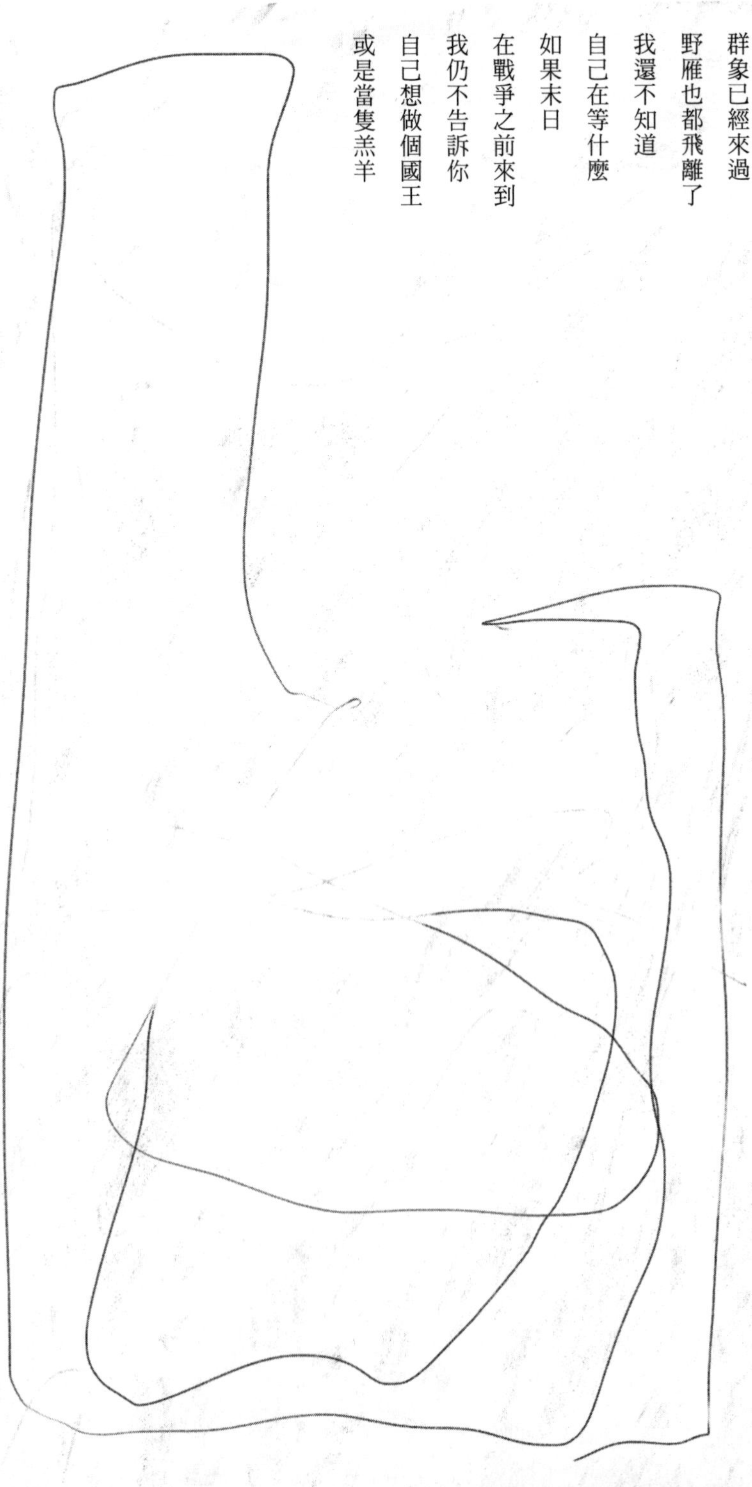

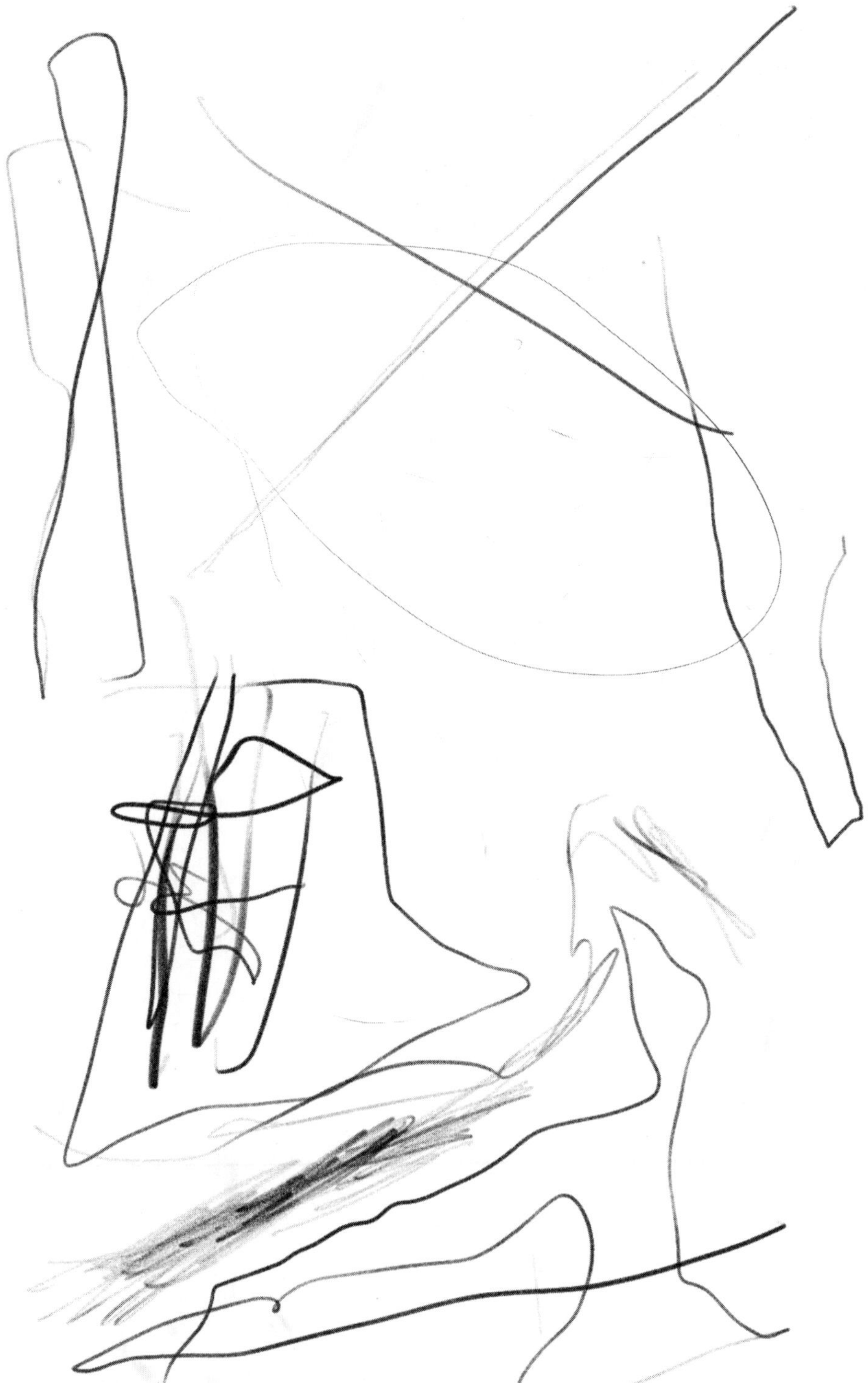

我放棄作一個安那其

於是我
決定放棄作一個安那其
不去想以後的事
不再臥坐鐵皮屋頂
一個人吹口琴
不去猜測黑咖啡冷掉之後的酸度
不去書寫龍舌蘭的藍是什麼藍
不去研究各種縮寫張開後的形狀
不去背對各種命運
不捕捉任何光或影
不再打破玻璃
不再亂按門鈴
假裝不知道你在哪裏
不愛得精疲力盡

把所有的淚水保存得小心翼翼
不再去尚未凝固的水泥地上
踩下歡快的腳印

只在有音樂的時候跳舞
只在有聽眾的地方歌唱
流淚時閉緊眼睛
天黑了就關上燈
只在睡覺的時候
作夢
學會正確的握筆
姿勢，接吻和呼吸
學會人工呼吸
避免讓身邊的人不自然
死亡，避開所有的
死亡

對不存在的事物
採取不存在的態度

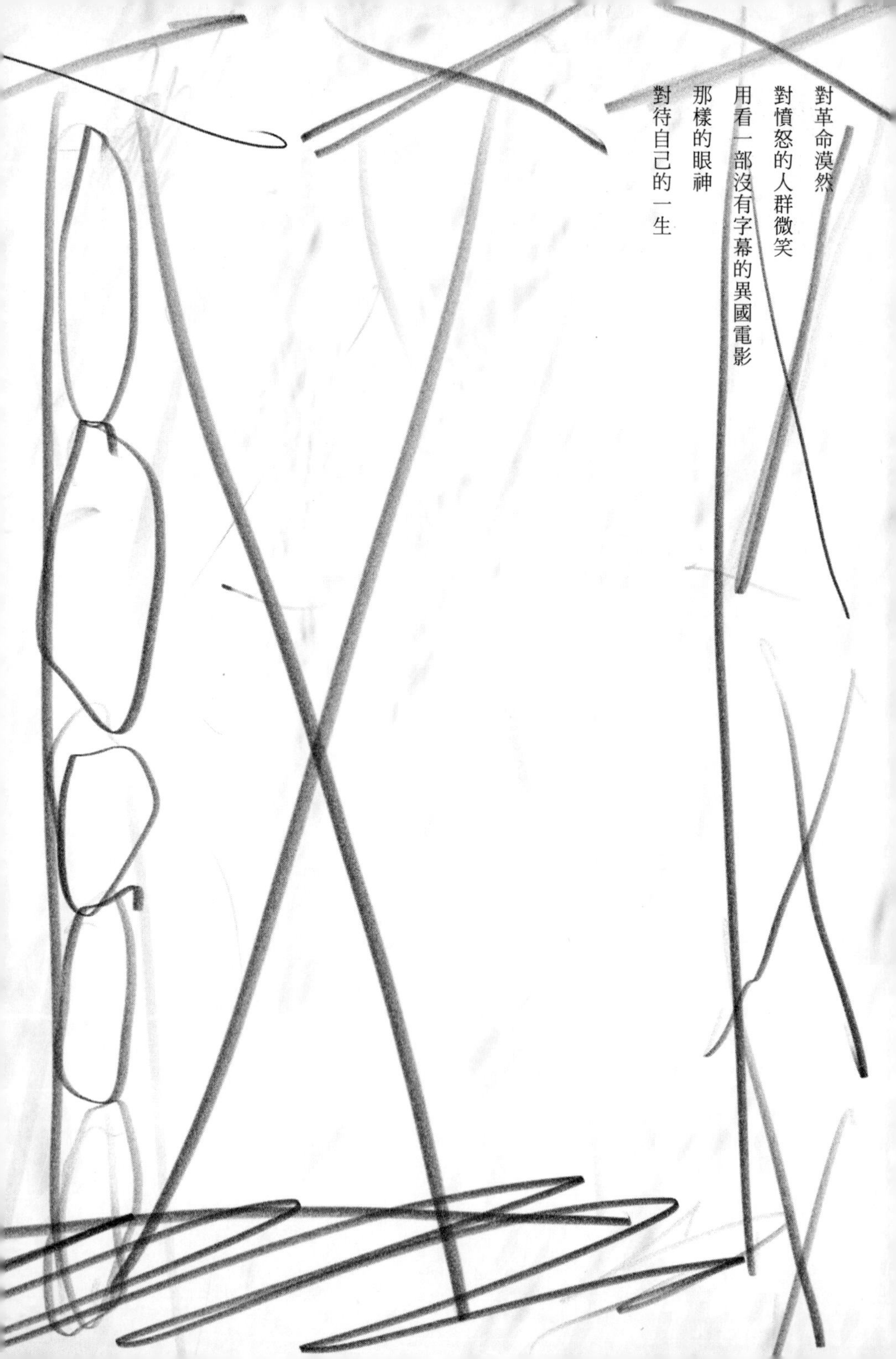

對革命漠然
對憤怒的人群微笑
用看一部沒有字幕的異國電影
那樣的眼神
對待自己的一生

沒有菸抽的日子

當你年少時
竭力揮霍忠誠
以愛為名字
瘋狂搖擺旗幟
當時
我總不在你身旁

當你失眠時
全心對抗孤獨
以寂寞為理由
掏空自己的身體
我也不在你身旁
我只是一根菸

被你點燃
進入你的核心
旋即被排除
消失在你的身旁

夜幕

是這樣的：有人相信銅板都有正反面
有些則不
在這個世界上
陽光並不同時照到
所有地方
有些人天生必須矯正牙齒
有人拿槍就是特別好看

有人是注定為了愛而死去的
剩下的
也不一定是為了愛而活著

廣場

與萬人玩影子遊戲
把每一個自己忘記在
每一道關卡
最後剩下的那一個
我
站在荒原中仰頭
把過去忘得
乾乾淨淨
然後開始覺得累
並且感到有點恨

讓自己被雨水打濕
被在乎的人經過
才發現自己從來只活在

他人的密謀中

靜好的歲月

你想要恨
買把散彈槍
揣在懷裏
若無其事去逛動物園
你想要愛
把那人拖進暗巷
你渴望綁架
或被綁架

你想要死
現場必須布置得像被幽靈謀殺
你想知道多少人將出席葬禮
你想知道他會不會來
你想知道他

你想要種植大麻或曼陀羅
你想要細心栽培
一朵嬌豔的玫瑰
然而在這個時代
歲月很難
活著很難
戰爭很難
靜靜喝完一杯茶
很難

革命很難
安分很難
回家很難
離開
很難

一無所有很難
笑很難

大哭很難
說晚安很難
清醒更難

你想要一片花圃

大事 2014.05.21

I

你看那人總孤單行動
走路，生活
自己收集夢中落下的葉子
沒人打得開生鏽的鎖

你看那人無謂地說
謊言
笑話
漫不經心挑選滿月的夜晚
決定犯行

你看那人聲稱要做一件大的
事

他並不在乎自己以外的
軟弱，你們
就這樣看著那人

海上的燈塔
散發微光

II

有沒有一種道德是我們可以選擇放棄
然後快樂的活著
帶著一柄柴刀
燒光所有的山林

為遲來的雨季專心祈禱
為你選擇的和放棄的
寫一首歌
在散開的光暈中大聲告白
然後微笑離開

革命

今天是六月四號
我睡到下午三點

佐敦道

你在佐敦道上小酒店的房裏壓著
我，在你身下臉紅氣喘地
說謊：加油、光復
自由，你不要
那麼大力
不要那麼快

慢一點，今晚不要捆綁我
把內褲脫到腳踝
在革命面前
我們都是處子
一滴血濺到牆上
一首詩中槍

你太暴力了，我說
然而誰都知道：這不是真的在抱怨
色情是面具下的眼
色情是知其不可為
人言可畏

佐敦道上下起流星雨
街上的人忙著流淚
忘了許願
你說只要拉上窗簾
光害就進不來
我們的牢

孤島

我不是一座孤島
這令我感到慚愧
有船在我身上擱淺
不知道上頭的人
後來都去了哪
我猜你和我一樣
不敢靠岸
是因為有家可返

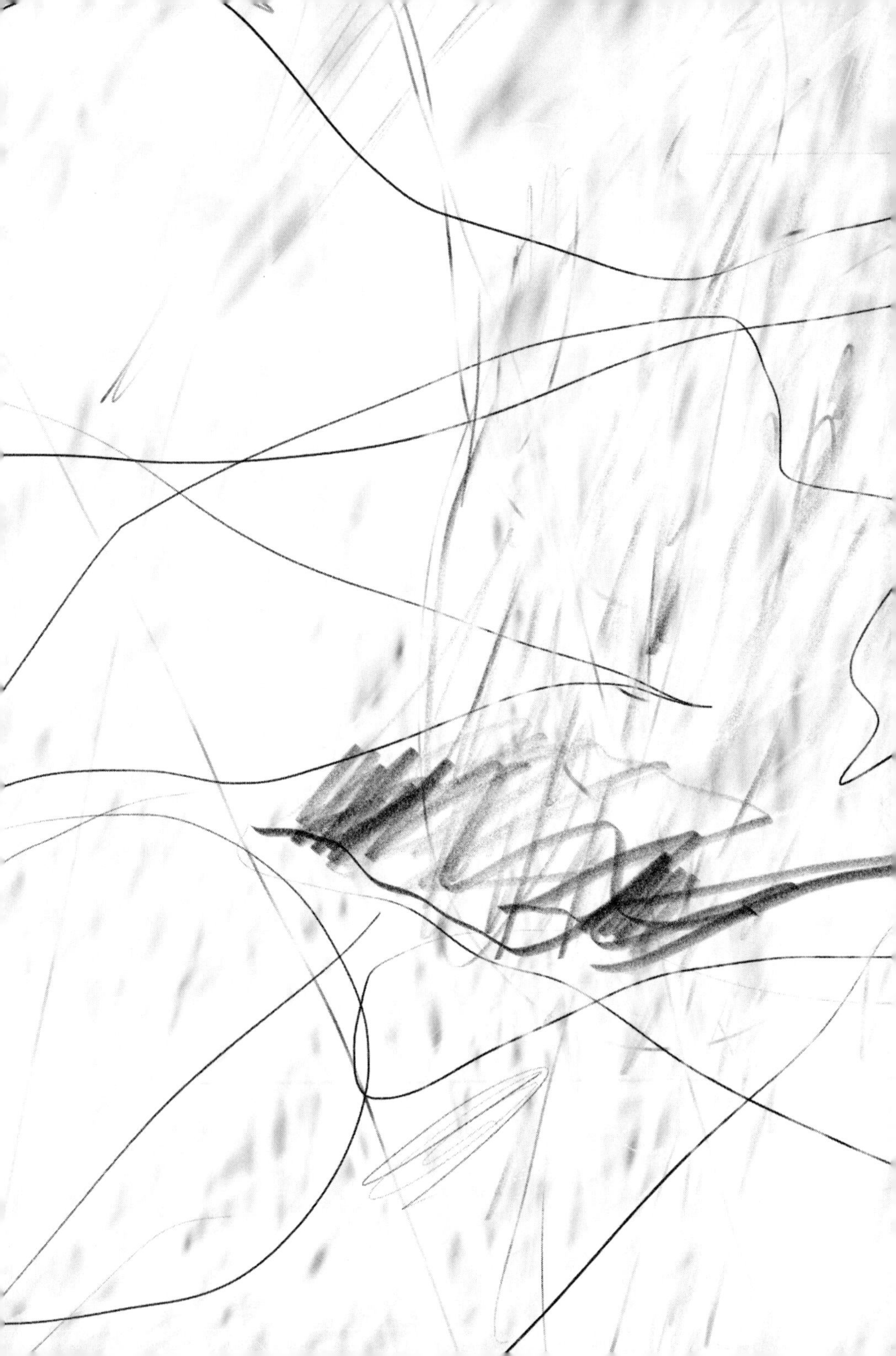

答案

你想自由如一隻鳥在天空中飛翔
還是孤單如一隻鳥在天空飛翔

可不可以趁你在思考這問題的時候
摸摸你的臉呢
關於生活
我們已經想像得太多

是誰打破窗戶
讓風灌進來的
後來，沒有人在乎

你推開門那刻
一片紅色裙子

從大街上飄過

我不知道
我是怎麼看見的
我的眼睛
早就被你丟掉了

單選題

一、天亮之後，＿＿

① 變成一個更勇敢的人
② 自殺
③ 笑得甜美
④ 和你去坐旋轉木馬

二、在那之前，＿＿

① 切莫給我太多希望
② 不哭
③ 別為我伸張正義
④ 抱我

細節

笑話

這事說來有點可笑
像飲料杯蓋上的那些謎語
軼事，流言或留言
木頭課桌椅上的立可白塗鴉
瓶中信紙上斑駁的墨跡

用手指在他背後寫下的那些字
終究沒有被任何人記好
小說家放棄的故事
被風吹散的砂畫

或許說來
真的有點可笑
然而夏天已經過了

我們卻沒能來得及抵達
說好的海邊

後來的事

我曾經為你把自己變成薪柴
保護你在夜裏想抽菸的習慣
努力學習魔術和跳遠
因為你喜歡生活像驚奇盒
為你整夜不睡
怕你獨自一人惡夢醒來
孤單

我曾守望你如同蚌殼
小心翼翼含著
唯一的珍珠

漫長

路彎曲你
時間經過你
生活活過你
回憶把你絞殺

沒有一場雨
為你而下
沒有人停下步伐

沒有夢留下
夜裏的火爐
沒有溫度
你如此富有
拿不起一根火柴棒

我曾經是個亡命之徒

我也曾經
真的是一個亡命之徒
如今那一切
都過去了
現在的我擁有一個信箱
並且認真閱讀每一封信
養了一隻貓
申請了一組固定的電話號碼
鈴響時小心翼翼接起
我種植了一些花朵
在書架上擺了幾套漫畫
固定輪流播放的歌曲
同樣的字型
拜訪同一位醫生

並且持續罹患著
同一種疾病

我真的曾經
是一個亡命之徒
睡在沒有水的井裏
那時的我
像一條魚

我曾經是個亡命之徒
如此愛你

地球人

從今天起
我要做一個地球人
每天洗澡
並且確實吹乾每一根頭髮

不愛上一個人
以外的人
不專心愛一個人
生病時乖乖服藥
健康時天黑就睡覺
憂鬱症若來犯
吃巧克力自殺
誠實而甜美地

老吾老並且人之老
幼吾幼還要人之幼
用正確的方法綁鞋帶
吃飯時絕不隨意彎曲
他人或自己手上的湯匙
偶爾為遙遠的乾旱和飢餓哭泣
並在各種節日歡欣
隨著降下的雨水跳舞
讓風把我吹往任何
它想去的地方

祈禱

給我一些向日葵的種子
為我指路
那片廢棄的花圃

告訴我
哪裏才可以感覺到冷
教導我
如何向比自己軟弱的人
撒嬌，一邊哼歌
一邊啜泣著
學習生活

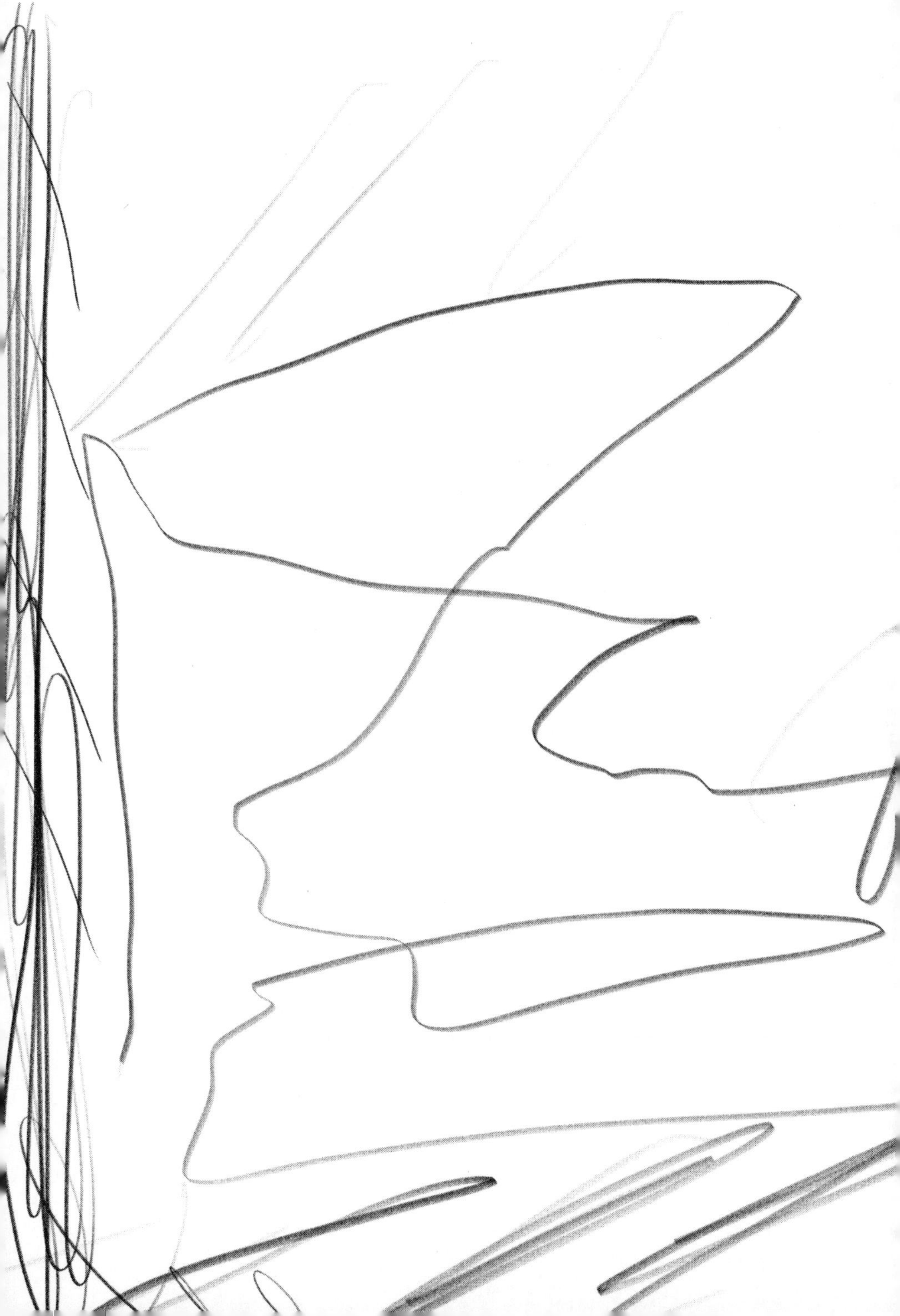

花樣年華

在星期五的晚上
如果不是很想回家
就拎著幾只空酒瓶
蹲坐在公園的長椅上
或放任自己受影子蠱惑
去做奇怪的事情

終於有理由掏出打火機
再負氣般捻熄一根又一根香菸
蹲坐在牆角安靜呼吸
誰借我幾個空酒瓶
一起去坐旋轉木馬
在星期五的晚上
一起編些故事

再把它們
通通埋在樹下

黑盒子

打開黑盒子
你會得到什麼
一名美麗的少女
一個自殺的機會
一場半生的緣分
一次手機震動
或者大地震動
還是我們通通都變老
抵達美好的
多年以後

我不要結婚

我不要結婚
但是我要蜜月旅行
去印度，在新德里就地解散
約好一年後
回到同一棵阿勃勒樹下
如果那時還認得出彼此
我會考慮
給你我的 LINE

我不要登記
但是我要宴客
要辦在傳說中的W酒店
我會邀請所有的前男友
同時對著W的屋頂泳池

尿尿

我不要生，但是我要買
昂貴的嬰兒床
給我的貓咪睡
我要用溫奶器替牠熱
臭烘烘的魚罐頭
我不要恩典牌
我不要我的貓
聞到人類小孩的味道

我不要生，但是我要去住月子中心
畫畫，讀書
射箭，跳舞
寫一本與你無關的小說
直到寫完
才搬出來

你的父母

不是我的父母
我的貓
是你的貓
我會送你一隻
專屬於你的貓砂鏟

我放在陽台的鹿角蕨
你可以看，也可以在底下喝咖啡
喝完記得自己洗杯子
順便替它澆點水

給我一間房子
在 AIT 附近，或是博愛特區
我要大清早穿運動內衣
在便衣警察旁邊慢跑
哼李心潔的裙襬搖搖
哼到他掏出槍
我要一間房子

但我家將不會是你家
如果你有點難過
我家巷口出去右轉
有一間全家
他們的冷氣二十四小時開著
還有 WIFI 熱點
（前三十分鐘免費）

我不要你愛我
但我真心期待
我們的倦怠期
手機裏藏著小祕密
我的祕密比你的小
你的小帳藏得比我好
誰的照片都按愛心
就是不按
心最愛的那一張

我不要婚姻關係

但我真的真的
需要一台洗碗機
至少我願意和你一起進去
攝氏六十度，水花飛濺
一起在洗碗機裏打坐
直到其中一個人先倒下來
或是停電
轟然一聲
伸手不見五指
也許那時
我們才會明瞭
誓言是把殺豬刀
放進洗碗機一次，就會壞掉
在誓言面前
我們全都是盤子

等這場戰爭結束我們就交往

等這場戰爭結束我們就交往
我發誓我會做個很好的戀人
每天為你的貓刷牙
剪指甲，擠肛門腺
在你的陽台擺很多盆貓薄荷
貓在外面吸
我們在衣櫃裏

我將愛你的貓如同愛你的鄰人
即便你的鄰人每次見到我
都問我結婚了沒
薪水多少，小孩什麼時候生
我將為你的鄰人
打開你家的門

替他做所有
替你做過的事

我要叫富樫義博趕快把獵人的結局
畫出來，我們搭飛機去日本
在他家樓下吃紅豆麵包喝咖啡牛奶
我們也可以在他家樓下結婚
擺桌，請所有經過的人
吃紅豆麵包

也許我們會遇到武內直子
她也想要拿一個紅豆麵包
那個時候你一定要告訴她
你小時候最喜歡火星仙子
現在最喜歡我
「可是我不會講日語」
你攤攤手
沒關係，我有讀過《大家的日本語初級Ⅰ》
跟著我一起念

Ich liebe dich

Was geht es dich an

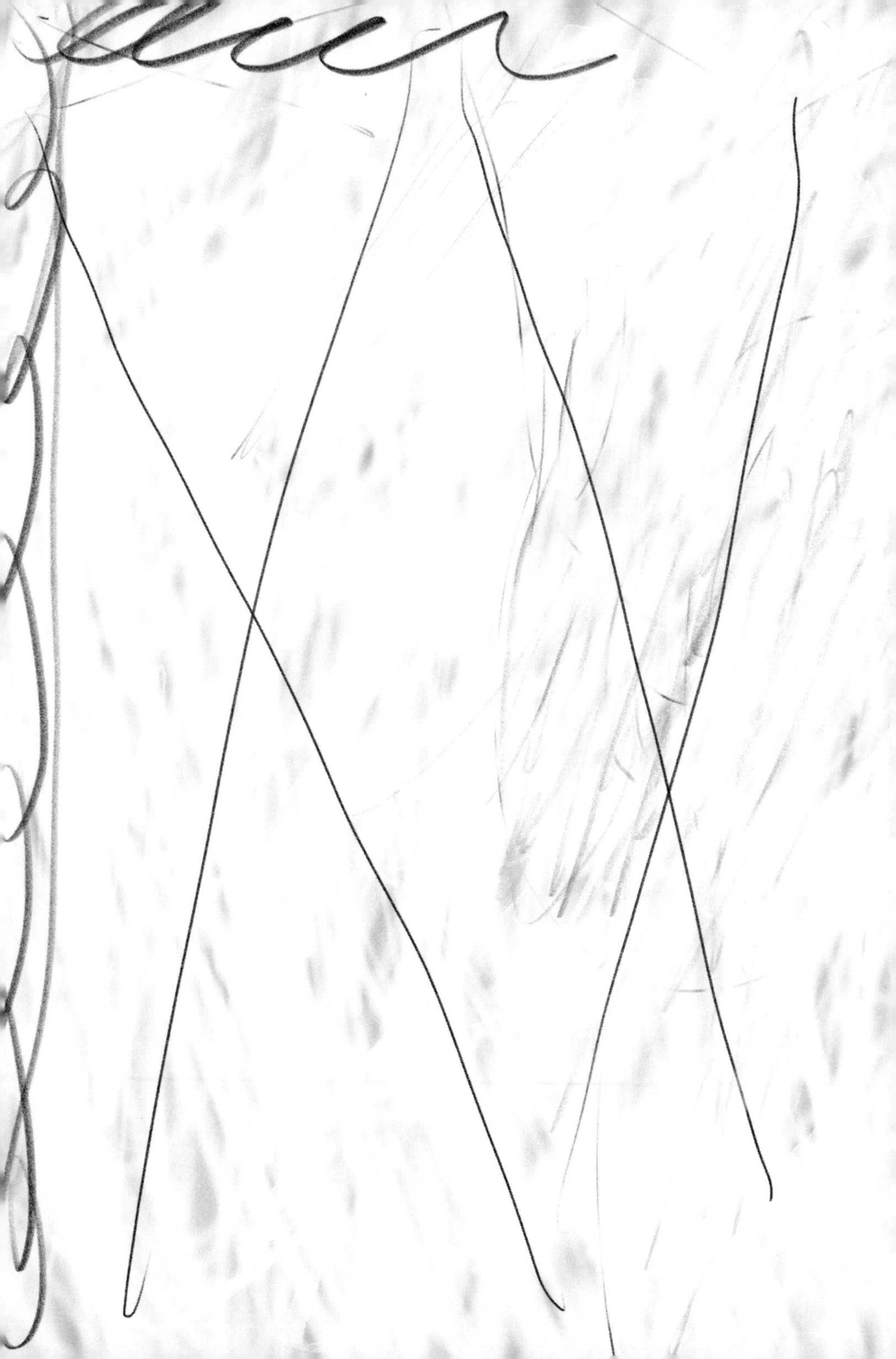

作者——徐珮芬
設計——劉悅德
內頁插畫——劉悅德、劉子樂
主編——邱子秦
發行人——林聖修

出版——啟明出版事業股份有限公司
地址——台北市敦化南路二段57號12樓之1
電話——02-2708-8351
傳真——03-516-7251
網站——www.chimingpublishing.com
服務信箱——service@chimingpublishing.com

法律顧問——北辰著作權事務所
印刷——金時文創有限公司

總經銷——紅螞蟻圖書有限公司
地址——台北市內湖區舊宗路二段121巷19號
電話——02-2795-3656
傳真——02-2795-4100

初版——2022年8月
ISBN——978-626-96372-0-1
定價——新台幣380元

還是要有傢俱
才能活得不悲傷

國家圖書館出版品預行編目（CIP）資料

還是要有傢俱才能活得不悲傷／徐珮芬作 . -- 初版 . --
臺北市：啟明出版事業股份有限公司，2022.08
128 面；14.8×21 公分
ISBN 978-626-96372-0-1（平裝）

863.51 111011196